VOLUMEN VI
Luz & Sombra

CANTERO EDITORIAL

Escrito e ilustrado por DAVID **CANTERO**

Dedicado a mi maravillosa sobrina Naiara Fernández Cantero

Agradecimientos:

Werner Neirinckx - Lilo Arpen - Mariana Calvo - Fermin - Néstor Martínez Martinéz
Jose Jorquera Blanco - Marcos Celada - Guido Kling - José Luis Limeres - Mayantigo Costa González
Jose Antonio March Cortina - Alejandro Marcilla - Paco Niñirola - Jandro Vamnunelsem
Juancar Mínguez - Iñigo Cerro - James Dear - Néstor Santiago

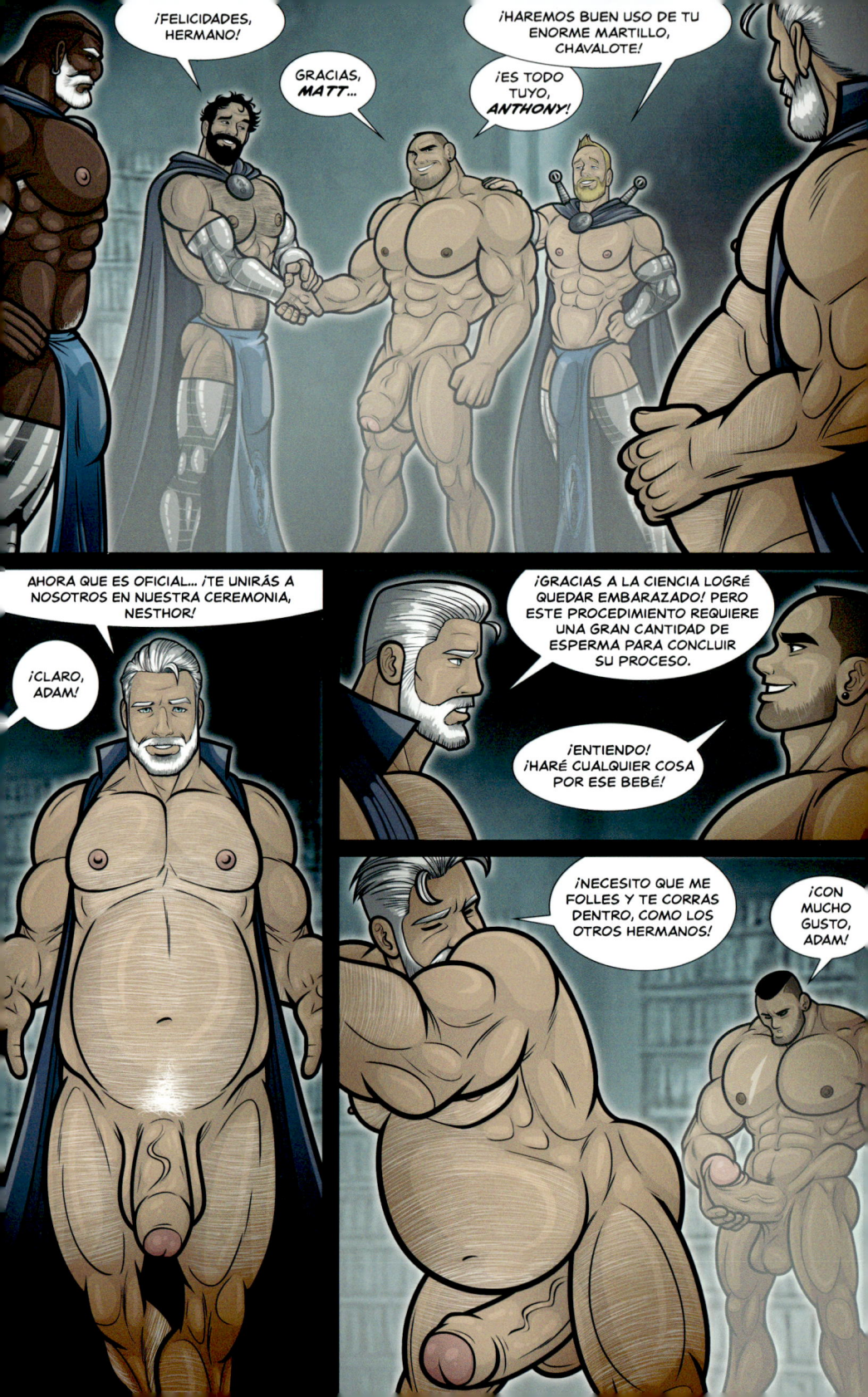

COSTA DE PLEXUS
¿PIPPA...?
CIELO, ¿ESTÁS AHÍ?
ESA ES NUESTRA BARCA...
¡ESTO NO ME GUSTA!
¡NOTO QUE ALGO VA MAL!
PIPPA, CARIÑO, ¿ESTÁS AHÍ DENTRO?
¡POR LA DIOSA!
NOOOOOOOOOW

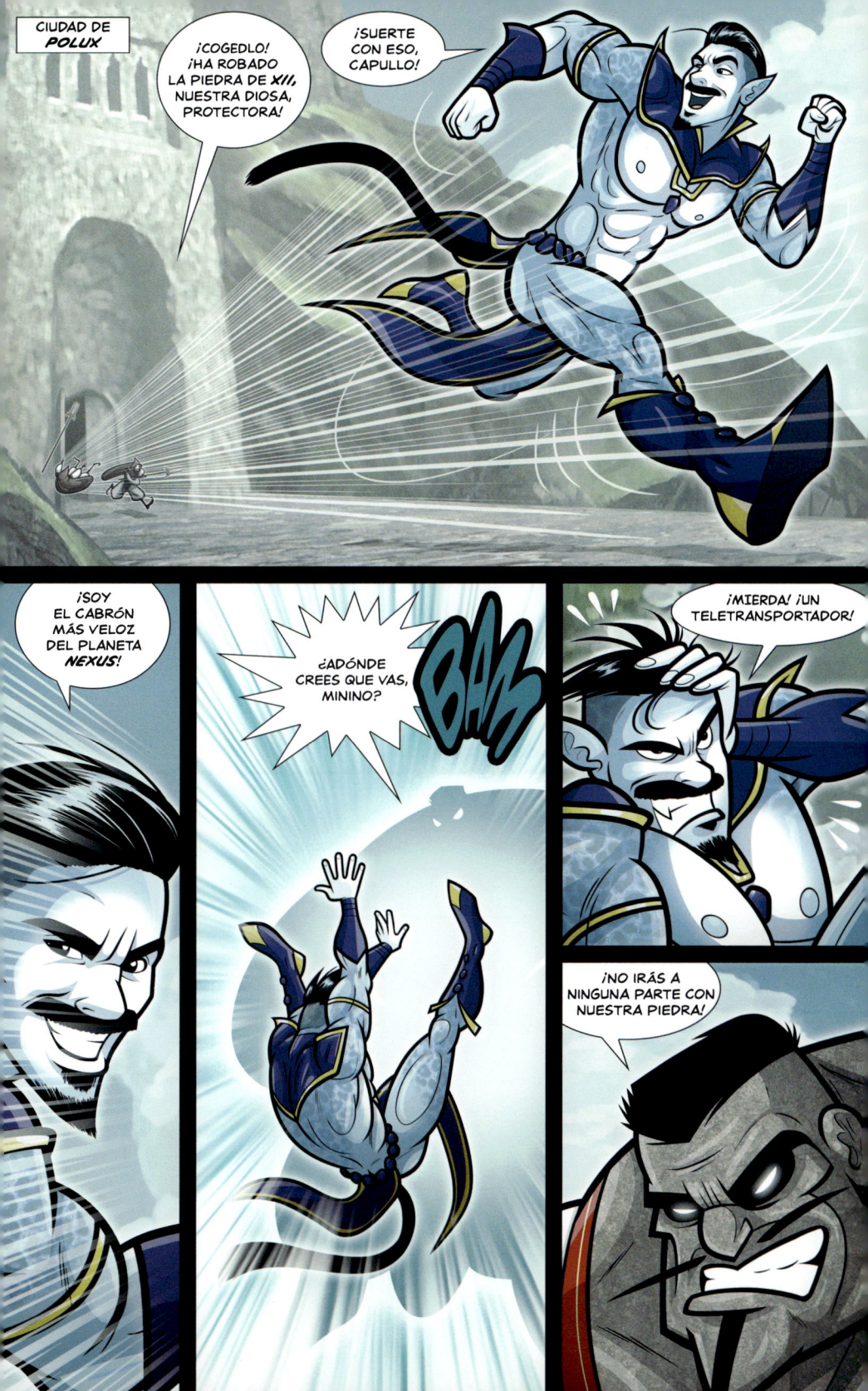

EN *PLEXUS*...

PERO, ¿DÓNDE ESTÁ LA GENTE?

LA CIUDAD PARECE ABANDONADA.

PROBEMOS ESA ENORME ESTRUCTURA, ¡PARECE UN PALACIO O ALGO ASÍ!

¡HOLA!

¿HAY ALGUIEN AHÍ?

¡AYUDA, POR FAVOR!

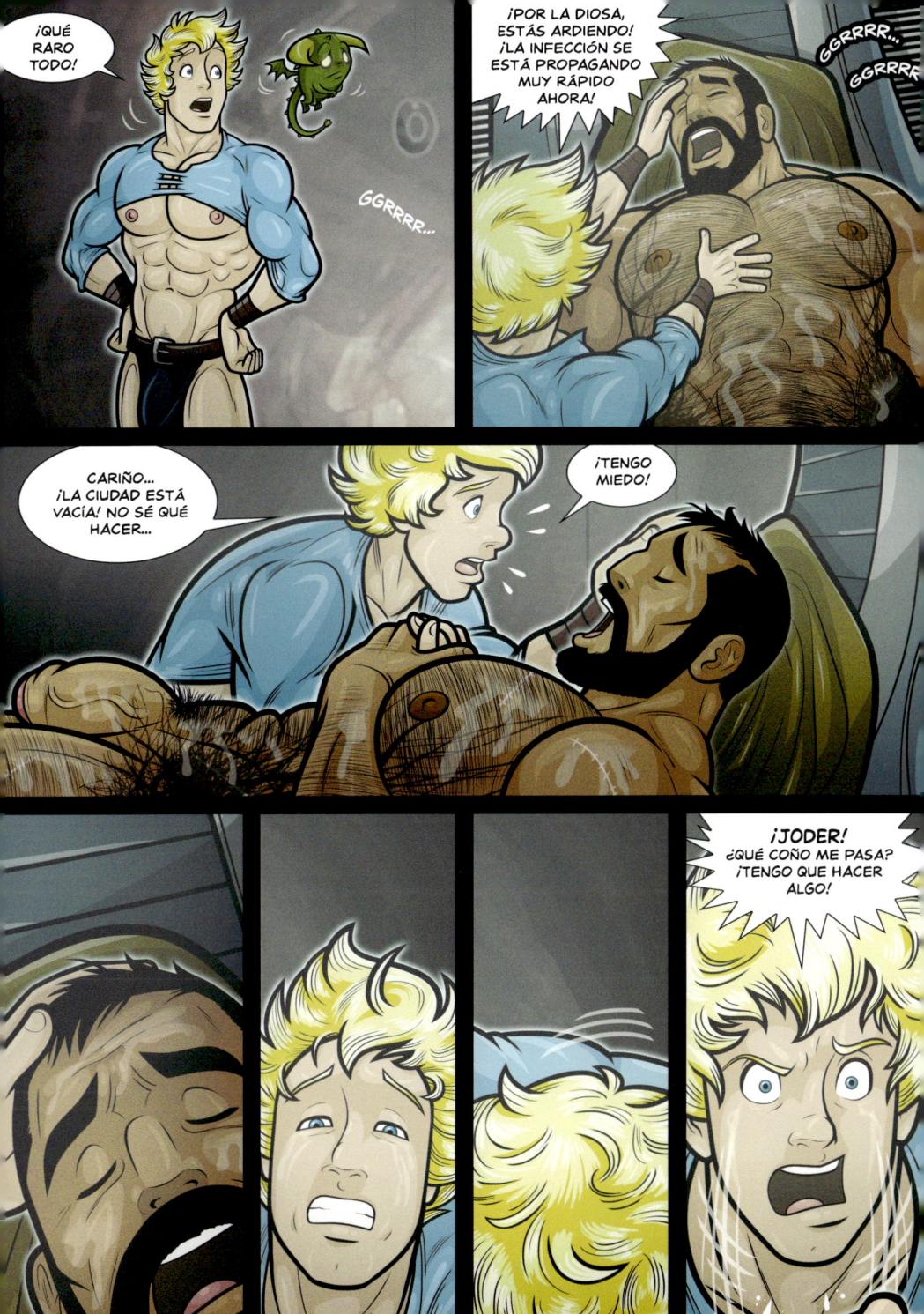

EN PLEXUS...
¡MALDITAS ALGAS! ¿POR QUÉ TIENEN QUE ESTAR TAN PEGADAS A LAS ROCAS?
¡AJÁ! ¡POR FIN! ¡TE TENGO, CABRONA!
WWWOOOOOAAAAAA
¿QUÉ COÑO ES ESO?

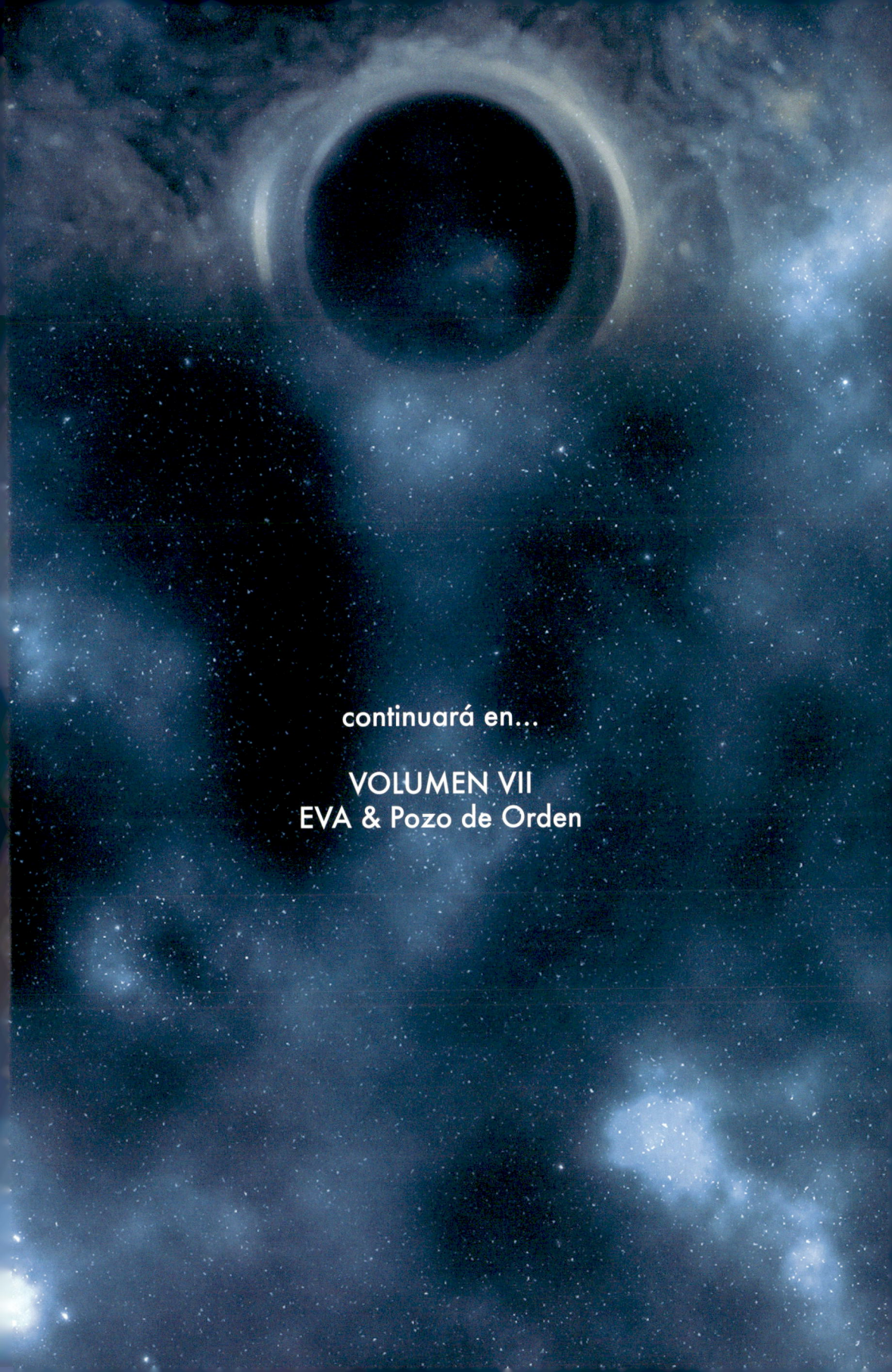

continuará en...

VOLUMEN VII
EVA & Pozo de Orden

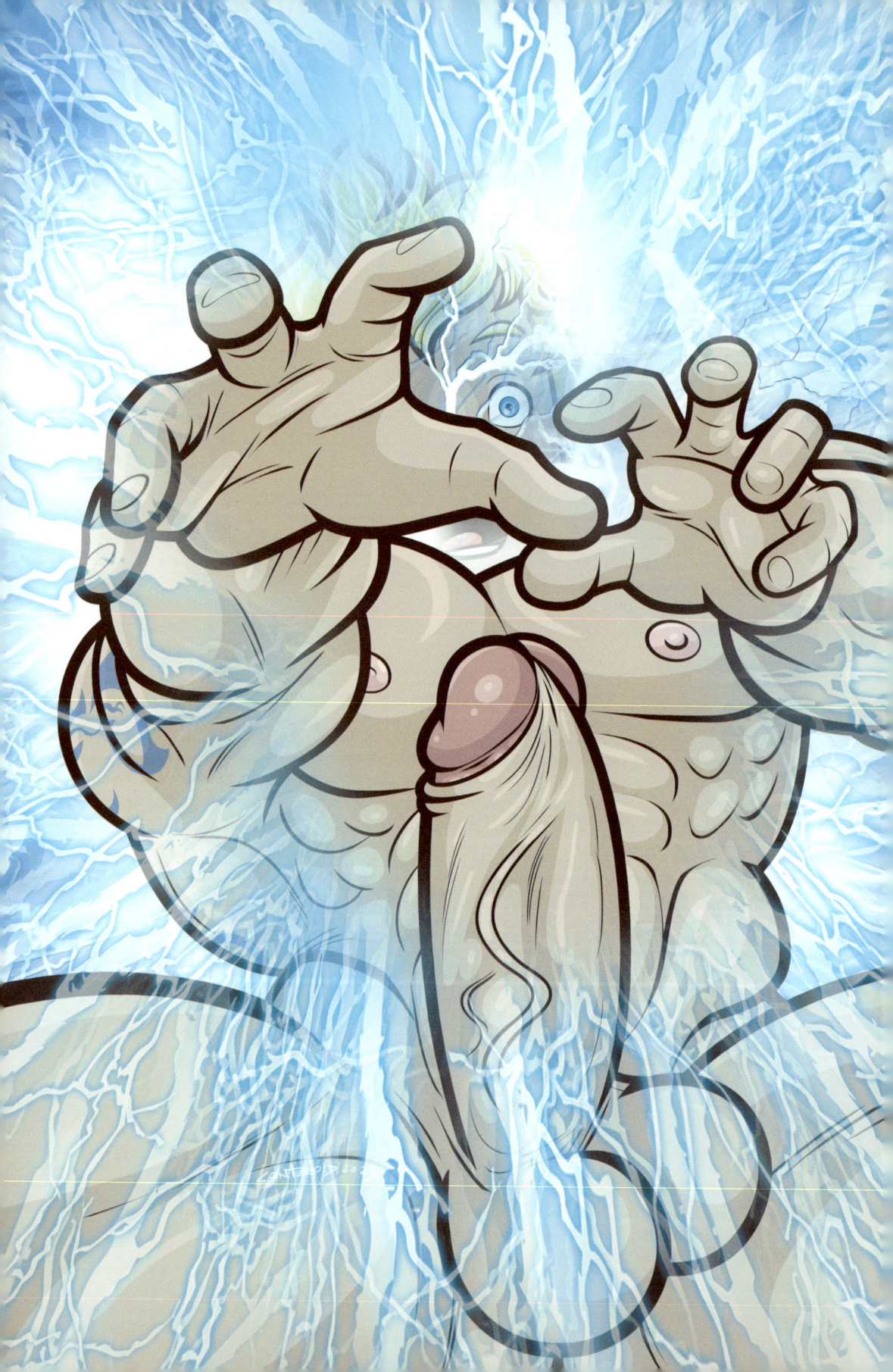

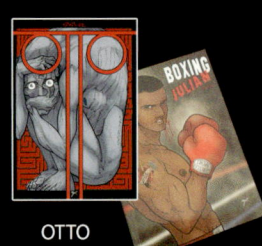